KB120728

서투른 다정

시작시인선 0243 서투른 다정

1판 1쇄 펴낸날 2017년 11월 3일
지은이 정용화
펴낸이 이재무
책임편집 박은정
디자인 이영은
펴낸곳 (주)천년의시작
등록번호 제301-2012-033호
등록일자 2006년 1월 10일
주소 (04618) 서울시 중구 동호로27길 30, 413호(묵정동, 대학문화원)
전화 02-723-8668
팩스 02-723-8630
홈페이지 www.poempoem.com
이메일 poemsijak@hanmail.net

ISBN 978-89-6021-340-1 04810
978-89-6021-069-1 04810(세트)

값 9,000원

*이 책의 국립중앙도서관 출판시도서목록(CIP)은 서지정보유통지원시스템 홈페이지(http://seoji.nl.go.kr)와 국가자료공동목록시스템(http://www.nl.go.kr/kolisnet)에서 이용하실 수 있습니다.(CIP 제어번호: CIP2017025678)

서투른 다정

정용화

천년의 시작

시인의 말

하나의 문이 닫힐 때 다른 문이 열린다
닫힌 문 너머의 환한 시간들

차 례

제2부 내가 대답을 할 때

제3부 그러니까, 동그라미

제4부 물의 옷

해설

제1부 횡단보도는 당신 심장 밖에서 두근거리고

횡단보도는 당신 심장 밖에서 두근거리고

계절 밖으로 내리는 비는
어느 이름이 놓고 간 손길인가

고양이가 세상의 비린 곳으로 스며들면 새벽이 와서 하는 일은 밤새 사라졌던 풍경들을 제자리로 되돌리는 일 전봇대와 전선 위에 새들을 희미하게 그려두고 골목과 건물들을 하나씩 빛을 향해 옮겨놓는다

등을 두드리며 서로의 울음을 벗겨주는 시간, 건너편에서 당신은 고양이의 눈으로 펄럭이는 입술을 읽는다 침묵은 또 다른 경청의 방식으로 도착하고 우리의 눈빛은 골목까지 흘러온 구름의 체온, 테두리가 희미한 계단 끝에 서서 당신을 부르면 젖은 날개로 도착하는 새들이 먼 허공을 끌고 온다

고양이 울음소리가 젖은 새벽을 키우고 어둠 속에서 건져 올린 내일을 미리 꺼내 빗소리에 잘 담가놓으면 우리는 다시 명랑한 안개로 피어날 수 있을까

분홍의 표정

분홍, 하고 발음하면
겨울에 불려갔던 이름들이
차례대로 뒤돌아본다

비는 구름이 보내온 연서
봄이 누설한 분홍 속으로
새들이 하늘을 품고 날아간다

비가 오는 날이면 헐렁해지는 난간은
해독할 수 없는 인사들처럼
손을 내밀어도 다 잡히지 않고

겨울을 다 소모해버린 바람은
물기 가득한 오후의 안녕을 구부려
나무마다 그늘이 서식하는 그곳에
분홍을 옮기느라 분주하다

봄비가 방금 나비가 먹고 간
꽃 그릇을 씻고 있다

분홍의 표정은 어디서 오는가

흐르는 구름 아래를 오래 걷다 보면
목젖부터 붉게 젖어 든다

봄이 분홍을 향해
저만치서 성큼성큼 걸어온다

고양이 키스

점멸하는 가문비나무 아래에서 한참을 기다렸다 건널까 말까 망설이는 사이 저 멀리에서 강물 뒤척이는 소리, 모두가 잊어버린 생일처럼 오래전 캄캄하게 저문 이름을 발음하며 걷다 보면 주머니마다 수요일이 가득했다

낮게 흔들어주던 손의 마음은
몇 번째 정류장일까

누군가에게 가닿지 못했던 마음들이 서둘러 길모퉁이마다 도착한다 저 풍경을 잘 오려 황록색을 칠하면 끝내 두드려보지 못했던 창문도 봄을 향해 열릴까 눈으로 전하는 마음이란 얼마나 뜨거운 부딪힘인지

나뭇가지마다 서식하는 녹슨 변명들의 일정량은 고독이다 어제는 *바람의 문체로 떠나보낸 뒤의 삶은 더 단단하다*고 이파리 위에 적었다 녹색 신호등이 지그시 눈을 감았다 뜨는 동안 먼 산이 내게 기대온다

목련 한 상자

한동안 잊어버렸던 이름이 간절함으로 피워낸 꽃잎일까 보이지 않는 봄을 설명하려 그 자리에 있는 꽃들처럼 크리넥스 그 열린 틈새로 살짝 솟아오른 목련 한 잎, 저 상자 속에는 무수한 입맞춤으로 떠날 꽃잎들이 쟁여 있다 봄을 감지한 새들의 부리가 아니더라도 당신은 이미 목련 속을 들락거리던 달빛이어서

당신이 꽃을 찾으러 떠난 동안 나는 점점 그늘 속에 숨은 가시가 되고 사그라드는 달이 되었다 당신을 달빛과 겹쳐 읽으면 물기마다 맨발로 도착하는 꽃들 얼마나 많은 편지를 쓰려는지 목련나무 가지마다 아직 결말을 쓰지 않은 여백들이 펄럭이고

목련 위에 잊었던 이름들을 하나하나 적어낼 때, 봄의 갈피마다 환한 페이지로 불려 나오는 기억들

서투른 다정

사람 독이 묻어온 날에는
저녁이 되어도 쉽게 어두워지지 않는다

어둠에서 풀려나오는 무늬를 이해하는 밤
먼 곳이라는 말은 슬픔을 동반한다
모든 소리들이 사라진 곳에서
수요일은 시작되고

내가 불면의 시간을 음악으로 바꾸려고 했기에
물고기들은 잘 때도 눈을 감지 못한다

알코올이 없는 맥주를 마셨기에 밤에도 무지개가 뜬다

오래 건너지 않은 건너편처럼
아직은 낯선 먼 곳의 시간
우리가 버린 말들이 누군가의 귓속에서
농담으로 피어난다면
슬픔은 어떻게 편집될까

시들어가는 마음을 버리지 못해

안에서부터 말라 죽는 용설란처럼
실패한 다정들은 사막에 발을 담근 채
집요한 고요를 견딘다

모서리에 자주 부딪히는 구름의 언어가
내 안에 살고 있어
너는 푸른 눈동자를 지니게 되었다

돌乭

때맞춰 도착하는 여름은 얼마나 성실한가
작은 풀잎들이 손을 흔들 때마다
젖은 안부들이 쏟아졌다

돌무더기 속에서 피어서일까
아니면 지천에 널려 있는
흔한 돌의 마음을 담아서일까
세상으로부터 무뎌진 것들은 돌이 된다

돌양지, 돌나물, 돌무화과, 돌바늘, 돌미나리
'돌'을 접두사로 가진 식물들은
관심보다는 무관심 속에서 더 잘 자란다

돌(石) 밑에 살고 있는 새(乙) 한 마리
허공을 물고 날아와 날개를 접고
돌 밑에 다소곳이 웅크리고 있다

체념에 이르고서야 내게로 오는 것들
다정함은 가고 오래된 간섭만 남아
마음에도 돌이 맺힐 때가 있다

무거움을 버리면 다시 허공으로 날아오를 수 있을까

무너진 맹세만 가득하고
돌은
반만 새가 된 꽃들의 이름이다

봄밤

아까시가 향기를 터뜨리는 봄밤이어서 그 환한 어둠에 당신이 불려 나온다 그러고 보면 봄은 오는 것이 아니라 바람이 피워내는 것이다 꽃은 향기를 더듬어 작년 그 자리를 기억해 낸다 향기만큼 기억으로 남는 것이 또 있을까

매달릴수록 사랑으로부터 버림을 받는 날들이 많았다 인디오 부족이 사는 안데스산맥 어느 작은 마을에는 전생의 기억을 찾아주는 나무가 있다는데, 그 향기를 맡으면 언덕 너머에 피어 있던 패랭이, 은하수, 빗방울로 오랜 시간 당신을 기다리던 전생을 만날 수 있을까

향기가 허공을 날아가는 새들의 고단한 날개를 위로할 때 끝으로 밀려난 여름은 또 어디로 가는 것일까 초승달의 입가를 닦아주던 어느 전생을 돌아 어떤 향기로 우리는 또 서로를 그리워하게 될까

치자빛 여름

꽃이 피려는지 심장 근처가 가렵다

고여 있던 시간이 몸 안에서 전구를 켠 듯 환해지면 그늘진 곳에서 철 지나 피어 있는 치자의 하루를 빌려 당신에게 간다 잘 익은 구름으로 만든 싱싱한 어제를 두 손에 들고

집요한 질문들로 봄을 장악하고 나서야 꽃들은 물빛으로 흐른다 환한 손금의 한때에 작은 쪽문을 내고 툭 치는 손길에 선뜻 내어주고 싶은 어깨 제대로 여물지 못한 저녁을 종소리에 담가 그 속에 숨어 우리 꽃이나 잔뜩 피워볼까

나무들이 초록 입술을 뱉어낼 때 구름 한 모금 입에 물고 여름이 귓속으로 흘러든다 당신 얼굴에 스친 꽃들이 하얗게 젖고 있다 지금은 노랗게 무르익은 언어로 방금 도착한 마음을 위로할 때

소리 바퀴

내 귀에는 두 개의 바퀴가 달려 있다
수많은 소리들을
좁은 터널 속으로 실어 나르는,
가만히 만져보면 온전히 둥글지 못해
한 번도 제대로 굴려본 적 없는 귓바퀴

비 내리는 저녁
나뭇가지에서 속삭이다 날아간
바람의 흔적으로 나무는 흔들리고
꽃 한 번 내고 시들어버린 봄은
쓸쓸함을 기록하는 언어라서
자꾸 물에 빠지거나 모서리에 부딪힌다

산등성이로 나무들이 흘러내리고
내게는 떠내려가는 소리를
받들고 버티어줄 누각이 필요하다
리듬이 음악이 되기 위해
하나의 비밀이 필요하듯

잘 익은 과일이랑 별 따러 가자던

당신은 낯선 발소리를 지닌 채
끝내 구석에서 그리움이 되고
간간히 떠도는 목소리가 쌓여갈 때
더욱 낡아가는 바퀴

퇴화된 기억을 호출하려는 듯
바퀴가 귓속으로 빗소리를 실어나른다

갑상선나비

곧 들켜버릴 비밀처럼
내 목울대에 숨어 살던
나비 한 마리

무수한 소리가 드나드는 사이
날카로운 말들이 목울대를 나오며
날개에 상처를 입혔는가

방금 도착한 바람에
계절은 성급히 여름으로 대체된다
자리를 바꿔 앉은 나비의 문장으로
가지 속으로 숨어든 그늘을 기록한다

어느 슬픔이 부리고 간 무늬처럼
물기를 다 짜내지 못한 말들이 뭉쳐
날개에 작은 매듭 뭉치를 만든다

나비는 날개를 활짝 펴고
돌아갈 방향을 잃어버린
목소리의 체온을 잉태하고 있다

내 목울대에는 어둠에 찢긴 날개로
만져지지만 보이지 않는
나비 한 마리 살고 있다

캐스트

허공이 빚어내는 몸들이 있다

뿌리 밑에 엎드려 아침을 잃어버렸다 죽은 이의 몸에 깃든 잠 속에서 이천 년 동안 침묵하던 도시를 읽는다 낡아버린 손금 속을 뒤적이면 투명에 가까워진 마음들이 만져진다 캐스트, 오래 켜둔 슬픔에서는 검은 안개들이 피어오르고

너는 어둠을 기다리는 정오의 낮달로 지상을 떠돌고 나는 아직 불타는 무덤 속이라서 초경의 아이들은 맨발로 피 묻은 돌을 줍고 마차가 달리던 길 위에 양귀비들의 군락이 창궐한다 저 흔들리는 붉은 심장들

캐스트, 생의 한 모서리에서 막 피어난 저 몸짓들은 우리가 전생에서 잠시 무릎을 맞대고 한 약속이 아닐까 죽은 성기가 가리키는 방향으로 땅을 뚫고 나와 벌판을 달린다 몸을 완성하기 위해 떠도는 불투명의 마음들,

옛 도시가 껴안은 오래전의 기억들처럼 하나의 전생을 가진다는 것은 더 큰 허공을 지어 얻는 일이었다 불에 탄 재를 눈꺼풀에 얹으면 미래는 밤을 달고 달리는 기차의 창문처럼

멀리서부터 드리운다

아침이 버린 폐허처럼 이 도시에 지천으로 피어난
수많은 심장들, 전생의 당신에게 붉은 손 내밀고 있다

간간한 봄

봄은 서투른 간잽이처럼
길게 누운 길 위에 굵은 소금을
왕창 뿌려댄다

나이가 들수록 점점 간간해지는
어머니의 손맛처럼
바닥을 견디고 있는 길 틈새마다
골고루 스며 있는 분홍 소금들

나비가 잘 구워진 정오 근처를 날아들고
따뜻한 햇빛을 보태고 있는 봄에게

애비, 짜서 못 먹는다

분홍 치마 곱게 차려입은 어머니
바람은 결 따라 소금길 내고
때마침 내리는 봄비에
알맞게 간이 밴 봄을 식탁 위에 올린다

금세 발라 먹고 뼈만 남은 봄

백색소음

안개가 숲을 하얗게 태우고 있는 밤이었네 계절에서 잠시 떨어져 나온 순한 저녁의 새처럼 한 사람도 만나지 못하고 혼자 저물어간 날, 눈을 깜빡일 때마다 모래가 박힌 밤하늘이 쏟아져 내렸네 오래 걸어 퉁퉁 부은 발등을 어루만지면 사막에서 날개가 젖은 채 죽어 있는 새들의 시간이 만져졌네 어둠이 흘러내린 방 안 구석에는 보름달이 뜨고 그 달에서는 짓무른 복숭아 향이 났네 새들의 울음소리가 자꾸만 잠을 갉아먹고 아무리 소리를 질러도 모래가 될 수 없는 나는 누군가의 귓속에서 굳어버린 비밀, 소음에 마음을 얹고 알아볼 수 없는 필체로 끊임없이 걸어가는 발소리가 하얗게 잠을 두드리고 있네

꽃도장

꽃잎을 다 떼어냈는데도 꽃이다

그걸 손등에 찍으면 꽃들의 서명
겨울을 빼앗긴 강물이 온몸을 풀 때
저 강물의 속내를 읽으려면
방금 당신의 심장에서 훑어낸
꽃잎만큼의 다짐이 필요하다

언제나, 라는 단어에 깃든 맹세처럼
봄이 머문 자리마다 선명한 도장이 찍혀 있다

약속은 미래의 옷을 입은 자에게
최선을 다해 예를 갖추는 것
몸 안에 먼 길을 눌러둔 시간 속으로
당신이 다녀가고

봄의 부스러기로 떨어져 있는 꽃잎들

도장은 후생에 다시 만나자는 약속이지만
당신은 행성에서 궤도를 이탈한 별의 필체라서

다음 생에 다시 태어나도
서로가 서로를 몰라보는 일

꽃잎을 다 뜯어냈는데도 아직은 봄이다

제2부 내가 대답을 할 때

예고편

서둘러 피는 진달래는
봄이 미리 보여주는 영상이다
창가로 밀려온 장면에 꽃그늘을 드리운다
봄은 모든 계절의 예고편이다
채널이 바뀔 때마다 압축된 상징으로
자목련, 산수유, 금잔화가 하나둘 피어난다
햇살이 흘려놓은 봄을 주우려
벌들이 꽃 주머니를 뒤지며
리허설이 한창이다
사월을 불러다 놓은 안양천에는
물오리들 사이로 배경음악이 낮게 흐르고
기다림에 익숙해진 벤치는
수평을 길들이고 있다
자막도 없는 풍경 속으로 비가 되려고
구름은 몸집을 부풀려 편집 중이다
바람은 초록이라는 크레딧으로 내려오고
대답을 마치고 방금 고개 숙인 자운영이
보내온 소식에 당신의 안부를 묻는다

봄은 올해도 흥행에 성공했다

주파수

잊고 지내던 라디오를 켠다
역이 가까워지면서 속도를 늦춘 기차의
기적 소리가 지지직거리는 한낮
둥그런 태양을 돌려 2시에 채널을 맞춘다
모란 한 송이 여름 속으로 입장하고
그 위에 불시착한 나비의 날갯짓이
파르르, 잠시 멈춘 거기
꽃들은 어디에 귀를 가지고 있어
철마다 때맞춰 피고 나비는 밤에도
정확히 꽃잎에 착지할 수 있는가
해와 달은 머나먼 거리에서도
가끔씩 일식으로 주파수를 맞춘다
아직 더듬어야 할 세상이 더 있다는 듯
눅눅한 마음을 건너는 느린 노래들
불 꺼진 창문 앞을 오래 서성거리던 때가 있었다
약간의 어긋남으로 우린 주파수를 잃어버렸고
맞지 않는 주파수는 시끄러운 잡음만 생겨났다
오래 버려둔 마음은 빛을 잃는다
방치해 두면 잡초가 자라듯 다른 감정들이 덮어버린다
주파수를 맞춘다는 것은

잡히지 않는 오해의 틈새에 오래 귀 기울이는 일
채널을 돌릴 때마다 넝쿨장미가 앞다투어 피고 있다
햇살이 맞춰질 때 비로소 꽃들은 몸을 연다

투명한 뱀

노을에 하루가 물들어가고 있을 때면
나는 투명한 뱀을 찾으러 간다
도심에 네온사인 반짝이는 술집마다
소주병 속에서 녹슬어버린 변명들이
캄캄하게 저문 입술들을 유혹한다
이슬을 먹고 가만히 웅크리고 있는 뱀
푸른 병 속에 회오리로 태풍을 불러오면
백 년을 기다렸다는 듯
꼬리까지 세차게 요동치며 솟구쳐 오른다
잔 속으로 투명하게 흘러나와
스르르 목구멍으로 기어들어간다
그 뱀에게 물리고 나면
처음에는 얼굴에 노을이 번지고
혀가 둘로 갈라지고 서서히
독이 퍼져 내장까지 뜯어 먹힌다
길바닥이 벌떡 일어서고
문득 모서리가 달려드는 것도
모두 뱀이 스며든 흔적이다
유혹은 죽음을 부르는 아름다움이어서
술을 마실 때는 신에게 한 발 더 다가간다

이 순간에는 악마와도 거래할 수 있을 것 같다
온몸에 독이 퍼져 비틀비틀 골목길을 걷다 보면
그리운 것들은 다 투명하게 허물을 벗는
지금은 붉은 잎사귀의 시간

목백일홍

태양을 입에 문 구름들이 골목으로 쳐들어온다 여름을 다 소모한 꽃들의 이름을 너라고 부르면 푸른 주문을 외던 젖은 음音이 있어 문득, 어깻죽지가 시리다 목백일홍 나뭇가지에 새들이 그늘의 쓰임새를 찾아 날아든다

가령, 우리가 서로의 눈 속에서 자꾸만 미끄러지는 꽃들을 읽어낸다면 붉은 눈을 가진 짐승을 어미로 둔 나의 전생을 만날 수 있을까 심장을 꺼내 들고 오래 서 있는 목백일홍 조금 벌어진 틈새로 여름을 흘려보내면

얼룩을 해명하는 것이란 나뭇가지가 붙잡고 있는 새의 울음을 듣는 일, 저 붉은 날개를 위해 몇 번의 계절이 다녀간 것일까 귓속에 심어놓은 또 다른 울음을 발굴하려 너라는 간절한 색으로 피어나는 시간

내가 대답을 할 때

자주 불러주지 못한 이름이 여름을 흔들어 물기둥을 세운다 오랫동안 강을 바라보던 너의 눈빛은 죽음을 감지한 물고기의 비늘을 닮아 있다 물음이 언어를 거치며 마음에 도착하기까지 너의 대답은 오래 닫아둔 창문 틈에서 서성인다

거짓이 입술을 만나 입술 주름마다 덧칠되는 붉은 문장들, 비좁고 단단한 것들 속에서 자란 마음은 가시를 앞세우고 온다 지상에 없는 단어를 찾아 연어는 강물을 세차게 거슬러 오르고 갈비뼈 사이를 뒤적여 찾아낸 우리들의 노래를 이제는 내려놓을 때

울음과 물음 사이 마지막은 늘 슬픔으로 복원된다 오래 미뤄둔 질문에 이제는 대답을 해야 할 때, 호된 세월을 살아온 당신 오래 흘러 강이 되었다 나는 오늘 그 강물 위에 잔잔한 파문으로 산다 이제 막 피어난 안개로만 말하자면 급하게 시드는 여름 속은 너무 어두웠으므로

접는다는 것

누가 처음 종이에 날개의 무늬를 새기려 했을까

스물여섯 번의 바람을 접어 넣고서야
종이는 한 마리 새가 된다

밤새 길게 써놓은 편지도 접어야
봉투 속에 넣을 수 있고
먼 길을 날아온 새들도 날개를 접어야
나뭇가지에 앉아서 쉴 수 있다

봄에서 여름으로 책장을 넘기다 보면
향기가 피어나는 구절에 밑줄을 긋고
나비는 잠시 도시의 귀퉁이에서 날개를 접는다

접는다는 것은 밖으로 펼쳐졌던 마음을
안으로 들여앉히는 일
살짝 접어두었던 마음은
다시 보고 싶은 페이지를 만든다

슬픔으로 접어놓았던 마음에 그늘이 내리면

켜켜이 쌓인 어둠에서 모퉁이가 만들어지고
구석들이 생겨난다

고단한 새들의 날갯빛으로 저녁이 오고
하루를 접은 골목에 어둠이 고인다
구름도 사람이 그리운 날이면
슬그머니 다리를 접고 땅으로 내려온다

퍼즐 맞추기
-이별의 완성

바람이 불자 구름으로 머물던 시간들이 지상으로 뛰어내린다 소멸되는 풍경에 대한 퍼즐 조각으로 한쪽 어깨가 다 젖은 저녁이 오고 이별은 좁은 골목길의 트럭처럼 달려온다 잘게 이어붙인 안녕들은 헤어짐의 퍼즐이 되어 이별의 중력을 견디는 일은 갑판이 부서진 배로 물속으로 침몰하는 나를 처연히 바라보는 일

한 조각만 있으면 그림이 완성되는데 그 마지막 한 조각을 당신이 갖고 있어 이별은 끝내 완성될 수 없는 실금 간 풍경이다 당신은 단단한데 나는 펄럭이는 수심 속이라서 달의 낱장이 갈기갈기 찢긴 채 저녁은 자욱한 어둠만 잔뜩 묻어왔다 잊는다는 생각조차 잊혀질 때 이별은 완성된다

매미는 압력추

태양이 여름을 가열하고 있는 한낮

가지에 초록 불꽃이 일더니
세상이 온통 초록 불바다다
더 이상 열기를 참을 수 없다는 듯
나무마다 파르르 떠는 날갯짓 사이에서
압력밥솥 추 돌아가는 소리 요란하다
참았던 서러움을 울분으로 토해내는지
입속에서 혼자 자란 노래가
절정에 다다를 때까지 귀를 뚫어댄다
나무는 제 안의 압력을 견디지 못하고
초록 연기를 마구 쏟아낸다
뜨거움 앞에서 고통의 무게는
버틸 수 없는 것과 버릴 수 없는 것
그 사이에서 이제 막 시작된 여름이
힘닿는 데까지 부풀어 오른다

매미가 나뭇가지에서 여름을 뜸 들이고 있다

등에 핀 능소화

달력에서 뜯어낸 풍경 속에서
여름이 흘러나온다
20개의 태양을 등에 지고
지붕 위에 앉아 있는 여자들

검은 피가 꽃으로 피어나는 시간
아픈 자리마다 울혈로 붉게 피우고
돌아서는 바람의 처세술

한사코 거부하는데도
기어코 찾아오는 것들이 있다

태양이 불시착한 자리마다
이미 고백을 머금은 입술이어서
영문도 모른 채 살짝 손을 얹었는데
와락 안겨 오는 외로운 몸들이여

필사적으로 달아오르고
무르익기도 전에
이미 소진된 사랑이여

멍의 힘으로 등에서 피는 부황꽃
통증이 몸 안에서 밖으로 환해질 때
여름은 완성된다

오래된 통증을 견뎌내는
여자들의 등 위로 찢겨진 일력처럼
주홍빛 낱장으로 뭉턱뭉턱
고여 있는 여름

초록의 퀼트

여름 쪽으로 고개를 돌렸을 때
벽에 물끄러미 붙어 있던 담쟁이들이
말을 걸기 시작한다

멀리 가려면 함께 가야 한다고
얼마 남지 않은 계절을 다 이용하려는 듯
방금 내민 손들을 잡고 벽을 기어오른다

수천 개의 실밥을 입에 물고
아침부터 저녁까지 벽을 실어 나른다

벽과 담쟁이가 서로를 완성한다

허공의 길이 스며든 구름에게로
미싱이 낳은 수많은 박음질처럼
한 땀 한 땀 여름을 밀고 가는
푸른 소란들

어디서부터 녹색을 길어 올려
촘촘한 자수를 수놓았던 것일까

벽은 한 장의 직물이 된다

여름을 놓치기 전에
이 한 장의 푸른 천을 다 지어내야 한다

낙월도

몸속으로 바람이 부는 날

전남 영광에서 뱃길로 달리다 보면
낮은 발음으로 읽혀지는 낙월도가 있다
시간으로 잘 씻어놓은 낮달이 떠 있고
들판에는 엉겅퀴, 산괴불주머니, 며느리밥풀들
섬은 꽃을 내놓으면서 바람을 길들이고 있다

오후 3시와 4시 사이에 정박해 있는
낡고 오래된 멍텅구리 배 한 척
다른 배가 끌어주어야만 움직일 수 있다는
저 배는 지난날 분주했던 새우잡이 어부들을
무심히 기다리는 것이 전부라는 듯
이제는 먼 수평선만 바라보고 있다

어둠이 닻을 내리고 구름을 몸속으로
끌어들인 자들은 저녁이 되어
문장 속에 숨어 있는 그믐을 지워나간다
몸속의 바람이 낮은 발음으로
당신을 부르면 십오 촉 전구가 깜빡이는

선착장 모퉁이를 한없이 어슬렁거리고 싶다

바다에 떨어진 달을 찾아서

고양이 악보

달 속에서 고양이가 걸어 나온다
느리게 오는 계절을 물고
아슬아슬 악보 위를 걷고 있다

늦가을 쪽에서 보자면
악연도 인연이라서
고양이의 무릎 근처에는
미처 연주되지 못하고 시드는 음악

캄캄한 등을 생각할 때마다
발등이 오래 부었다

가령 우리가 서로의 눈 속에
껍질이 두꺼운 자작나무를 심는다면
못갖춘마디로 시작되는 저녁은
몸이 내는 소리가 고여 만든 악기다

한번 길을 잃었던 곳은
늘 낯설어서 헤매이게 된다

박자를 놓친 넷째 마디 속으로
점점 세게 바람이 불고
오선지 위에 강물 소리를 반죽해
동그랗게 매달아 놓은 음표들 사이를
고양이가 사뿐사뿐 뛰어다닌다

발가락에 잔뜩 힘을 준 저녁
고양이가 연주하는 악보 속으로
오늘도 달이 창문을 두드린다

꽃들의 발목이 조용하다

안녕, 인사의 말끝을 무심히 중얼거리다 보면 마음의 얼룩이 차가운 바람으로 불어온다 봄에서 미처 빠져나오지 못한 꽃들이 길가를 걷고 있다 보도블록 위에는 오래전 꿈에서 꺼낸 얼굴이 떨어져 있었다 외로움 근처를 오래 서성인 사람의 주머니 속에는 두께를 알 수 없는 기억들만 가득 일렁이는데

손이 없는 것들은 어떻게 서로를 부르는 걸까 간절한 사연들이 저문 눈빛마다 마른 잎사귀를 심어둘 때 얼굴은 잃어버린 표정들의 무덤이 된다 시기를 놓친 말들은 유통기한이 짧아서 마음속 오래 방치된 웅덩이가 되고 깨진 꽃들의 발목을 쥔 채 너를 부르면

문득 손을 넣었는데 눈, 코, 입이 만져지는 너의 주머니 속에서 오래 웅크리고 있었다 오후 세 시를 불러다 놓고 건넬 말을 찾는 동안 주머니에 손을 넣어 추운 이름들을 쥐고 여기에 없는 너를 따라 얼굴 없이 걷고 또 걸었다 한 발을 더 내디디면 이름을 버린 꽃들의 시간이다

솟대

긴 생각 끝에 새 한 마리, 나뭇가지에 붙잡혀 있다 도달하지 못한 질문을 물고 날마다 새가 되는 남자 아파트 재건축 공사장이면 어디든 마다치 않고 타워크레인 우듬지에 홀로 앉아 오늘도 가벼움에 익숙해지고 있다

언어를 잃은 부리는 늘 고독과 싸워야 하고 날개는 자유를 가장한 구속이다 허공 속에서 늘 비상을 꿈꾸고 있다 큰 날개를 퍼덕이며 공사장을 한 바퀴 돌다가 가끔은 세월 너머 고향 마을을 넘겨다본다 이제는 깃털처럼 가벼워진 빈집 할 일을 잊은 바지랑대 그 기다림 끝에 아직도 새 한 마리 쉬고 있을까

하늘과 땅의 경계 공사장의 하루도 느슨해지고 있다 이파리들은 흔들림으로 가을로 건너가고 퇴화된 날개는 더 이상 야성을 기억하지 않는다 며칠 있으면 몸을 풀 아내와 어린 새의 먹이를 위해 사내는 날마다 새로 태어난다

제3부 그러니까, 동그라미

그러니까, 동그라미

가을비에 목요일이 흠뻑 젖고 있다 빗방울은 자신의 몸속에 갖고 있던 동그라미를 찾아 지상으로 뛰어내리고 시들기 시작한 손끝에 방금 닿았던 물방울의 감정으로 어둠이 온다 소리 죽여 울던 간밤의 구름이 찌개 속에서 유순해질 때

언제쯤이면 기다리는 일 따윈 하지 않을까 생각하는 저녁이다 당신은 추적이 불가능한 거리를 만들고 가을에서 빠져나온 낙엽들을 따라 걷다 보면 헐벗은 나무들은 제 안의 나이테를 기울여 빗소리를 듣고 있다

시드는 것은 동그라미를 무너뜨리는 일이다 혼자라는 것은 얼마나 가진 것을 쓸모없게 만드는가 탁자 위에는 빨간 사과가 혼자서 식어가고 동그라미로 설명되는 어제의 울음을 나로 바꾸기 위해

아직 도착하지 않은 달이 바퀴를 굴리고 있다 동그랗게 가을을 빚던 빗방울을 찾아가는 순간이다 고요를 빌리러 잠시 지상을 다녀간 하루가 젖고 당신의 얼굴은 끝내 동그라미로 완성할 수 없는 그믐이어서

아침 타자기

어머니는 아침마다 칼로 도마를 두드린다
타닥 탁 탁 타닥 타 타……
그 경쾌한 소리에 열매를 매달고
이제 막 가을에 도착한 나무들이 깨어난다
둥지 속에 머물던 어미새는
새끼들에게 줄 벌레를 잡으러 날개를 편다
도마 위에는 잘게 썰어진
붉고 푸른 글씨들
맞춤법이 틀린 단어며 벌레 먹은 문장들
읽어보면 방금 자연에서 도착한 편지다
어머니는 모음으로 둥글게 썬 가지며
애호박을 프라이팬에 볶고
말간 행간에 무를 넣고
큼직한 비유를 썰어 넣어 국을 끓인다
바다로부터 수신된 짭조름한 조기며
미역 줄거리는
언제 읽어도 자꾸 눈길이 가는 구절이다
두레 밥상에 한 상 차려놓고
6남매를 부르는 다정한 목소리
날마다 두리반에 둘러앉아 먹던 밥상은

어머니가 아침마다 타자기로 찍어낸
세상에서 가장 따뜻한 편지다

안개 증후군

눈에 구름을 묻히고 돌아오는 날이 많았다
안개 속에서 종일 가을이 머물 때
문득 잊혀졌던 기억이 떠오르듯 백로白露가 온다
새들은 희뿌연 안개를 끌고
그늘을 가득 쟁여둔 나무 속으로 숨어든다
나뭇가지 밖으로 흘러넘치는 하얀 어둠들

북아프리카에서는 새벽의 습기가
새 떼의 하루 동안 시야를 결정한다고 믿는다
눈가에 묻은 구름을 닦아내면
낯선 짐승처럼 돌아오는 상처들
물결로 흘러가는 아득함

병 속에 오래 담가두었던 꽃들이
감정적 호소를 포기한 채
발목부터 짓무를 때
이제는 기억나지 않는 이름 하나
오래된 습習으로 남는다

바람이 생략된 풍경에서 너는 젖은 소리로 온다

가시 둥지

빗소리가 어둠을 우려내는 저녁이면
둥지라는 말처럼 따뜻한 단어가 또 있을까

닿을 듯 말 듯 낮은 마음들이 모여 도심의 네온사인 불빛 아래 오래된 은유처럼 둥지를 만든다 술잔과 말이 오가고 취기가 오르면서 엉덩이가 불편할 즈음 모두 갈까마귀가 되어 둥지를 떠난다 달빛이 묻어 있는 골목을 끌고 돌아오다 보면 몸과 마음 여기저기가 따끔거린다 이제야 알겠다 물어다 놓은 말들이 날개를 찢는 가시였음을

저 아름답고 따뜻한 가시 둥지를
이제 무엇이라 불러야 할까

손바닥 벽화*

가을에는 작은 흔들림도 손짓이 된다
손은 마음으로부터 뻗어 나온 촉수라서
손을 잡는다는 것은 사람의 생애를 읽는 일이다
손은 가장 간명한 생의 요약본으로
어떤 손에서는 젖은 새의 깃털이 만져지고
또 한 움큼의 조각달이 읽혀지기도 한다
어떤 손이 그렸을까
두께만으로도 압도당하는 책처럼
4만 년의 어둠을 건너온 벽화 하나
먼 곳에 가닿기 위해 더욱 길어진 손가락
누군가의 서늘한 이마를 짚어주던
저 손에서도 한때 물이 흐르고
누군가 그 손을 잡았을 때 강물이 되어
두물머리에서 수심은 한층 더 깊어졌으리
손은 사람에게로 건너가는 가장 빠른 통로이기에
멀리서 건너온 마음도
손안에서는 다정한 온도가 된다
언어로 설명되지 않는 생의 요약을 담고
어두워지는 모퉁이를 돌아 가로등 깜빡이는
골목에 들어서면 거기, 오래전

마음이 놓쳐버린 손을 다시 만날 수 있을까

서글픔이 서러움이 되기까지

손은 몸의 먼 외지를 떠돌던 마음이다

* 손바닥 벽화: 과학저널 네이처는 인도네시아 술라웨이 섬의 한 동굴에서 3만 9900년 전 인간이 그린 것으로 추정되는 손바닥 벽화를 공개했다.

뱀부 15-8

전류리 포구를 지나 하성 가는 길
그리 높지 않은 언덕에서
계절을 나르고 있는 뱀부 15-8
푸른 대나무 숲을 안으로 불러들여
여름 풍경을 재배치하고 있다
이제 막 향기를 머금은 배롱나무들은
무엇이 궁금한지 유리창 안을 들여다보고
같은 계절을 공유한 새들이 노을을 물고
날아가면서 기웃거리는 곳, 눈빛은
스스로 깊어가는 시차를 기록하는 언어라서
내가 나를 위로해주고 싶을 때
노을로 반쯤 채운 술잔 들고 있으면
오늘 밤 고독과도 친구가 될 수 있을 것 같다
사계절 대나무들이 서로의 귓속에 숨을 들이면
욕망의 잎사귀 하나쯤 스윽 내어놓고 싶다
천정이 열리면 하늘도 잠시 쉬어가는 곳
엷은 분홍색 하늘을 배경으로 푸른 귀를 가진 이여
아직 식지 않은 말들이 서성이는데
여기에 없는 새들의 노래를 듣다 보면
이곳에서는 쓸쓸함마저 푸른 물이 든다

예단포

여름 밖으로 밀려나 있는 예단포
갈매기들이 누군가의 입속에 남아 있는
싱싱한 노래를 발굴하러 멀리 날아가고
뿌리로 페달을 밟아 향기를 펴 올리던
해당화가 가을을 빗소리로 풀어놓는다
먼 항해에서 돌아와 저녁밥을 짓는
연기가 매캐하게 피어오르고
희미해진 기억의 처마 밑까지 바람이 분다
포구 한 켠 오래 방치된 폐선에는
빗소리로도 쉽게 들키는 낡은 고독이 산다
문득, 이라는 단어 속으로 비가 내린다
낮은 지붕들을 가진 예단포
붉은 아가미의 물고기들이 빗소리를 반죽해
무수한 동그라미로 포구를 위로한다
수면 위에서 여름의 끝자락을 날고 있는
저 새들에게는 어떤 제목이 어울릴까
무심코 입에 넣은 청양고추처럼
울컥 서러움이 몰려들 때
문득, 꺼낸 핸드폰에 당신이라는 부재중

어긋난 리듬

손톱 밑에 매달린 그림자로
당신을 먼 곳이라 쓴다

오후를 두고 하염없이 달아나는 하루

흔들림은 이미 박자를 놓친 리듬이어서
우리는 불려지지 않는 노래

그리움의 눈빛은 얼마나 먼 곳까지 갈 수 있는가

기울어진 경사를 다 흘러내린 언덕에서
시들어가는 음악이 고인 입술로
농담 한마디쯤 건네면
지나간 인연도 다시 노래가 될 수 있을까

흐르는 것은
서로 다른 기다림을 갖고 있다

감정은 또 다른 감정의 보답을 요구한다
당신은 겨울로 만든 음표라서

깨진 음악이 되어 내게 스며든다

도돌이표가 빠진 음악은
모서리조차 될 수 없어
내가 가진 선율들이 저녁으로 숨고
눈 속에 밤이 차곡차곡 쌓인다

가을, 놓치다

새 한 마리 나뭇가지에 고여 있다 간밤에 꾼 꿈보다 당신이 더 낯설어질 때 가지 속에 밀어 넣었던 설익은 언어로 고백하고 있는 단풍잎, 점점 붉어지는 사연들, 수사도 없이 서둘러 잎들이 지는 것, 모두 가을의 소임이다

나뭇가지를 털고 새들이 날아갈 때 나무는 제 몸이 얼마나 넓게 느껴질까

너를 놓친 손안이 한없이 넓어진다 그건 놓친다는 말이 품고 있던 간격이 무수한 흔들림의 여지를 내어주는 일, 간격은 온몸으로 사라지는 것들을 키우고 비로소 어둠이 당도할 때

저녁이 되는 풍경에는 어떤 그늘이 섞여 있을까 떨어지는 것들로 가을을 완성한다 떨어진다는 것은 적어도 한 번은 맞닿았다는 것, 뜨겁게 서로의 체온을 나누었기에 어떤 침묵도 이별을 수식하기란 불가능하다 언저리에 머무는 것들의 눈동자에는 허공이 스며든다

뒷담화

귓속에서 피는 꽃

돌아선 사람의 등에 기어코 넝쿨을 뻗는

소곤댈수록 화려해지는 꽃

손톱 가시

내 왼손 세 번째 손가락
손톱과 살 사이에는 가늘고 뾰족한 것이 자란다
보도블록 틈새를 비집고 돋아나는 새싹처럼
바위틈에서 바깥이 궁금하여
달팽이가 슬쩍 내밀고 있는 더듬이처럼
무뎌진 손톱이 밀어 올린 굳은살일까
물렁물렁한 속살이 만들어낸 가시일까
무료하거나 긴장이 될 때마다
더 자주 만지작거리게 된다
식물이었던 전생이 진화가 덜 된 채
가시만 남아 거친 세상을 지키려는 흔적일까
무심코 던진 한마디가 소문으로 돌아오거나
술자리에서 귀에 거슬리던 농담들이
모여 있다가 누군가를 공격하려
날카로움을 밀어 올렸나 보다
물도 흙도 없이 조금씩 아껴 자란다
힘껏 당겨 뽑아버린다
따끔하다, 가만히 생각해보면
무엇 하나 찌르지 못하고
나를 향해 박혀 있던 가시였음을

투명달팽이*

얼마 남지 않은 햇빛을 베고 잠들었다 깨어보니 단단한 껍질 속이었다 빛 하나 새어들지 않는 태고의 어둠이 고여 있는 깜깜함 속에 우두커니 앉아 있었다 먼 크로아티아 동굴 900미터 아래에 살고 있다는 투명달팽이처럼, 어둠 속에 살다 보니 걸음을 상실한 것일까 길 위에 박혀 있는 돌이 움직이는 것보다 돌이 모래가 되어가는 시간보다 느린 이 달팽이에게 세상은 얼마나 빠른 변화인가 누군가의 가슴으로 스며들지 못한 그저 흔한 안부 인사가 서로를 그리워할 때, 슬쩍 다가와 있는 어둠이 위로가 될 때가 있다 그럴 때 문득 투명해지는 심장은 먼 생을 돌다가 어느 어둠 속에 두고 온 마음의 껍질이 아닐까

* 투명달팽이: 지구상에서 새롭게 발견된 10대 신종 생명체로 앞을 볼 수 없고 일주일 내내 움직여도 2mm 자신의 몸집만큼만 움직인다.

햇빛 인쇄소

가을이 되면 고향집 앞마당은 소박한 햇빛 인쇄소가 된다 아버지는 우물가에서 낫을 갈고 해바라기 속에서 햇살 한 줌 꺼내놓으며 밭에서 전송한 온 하루를 편집한다

붉은 문장으로 된 고추며 깻단 속에서 침묵으로 견뎌낸 말줄임표들을 털고 달구지에 이끌려 온 볏단을 마당 가운데 목차도 없이 쌓아 올린다 멍석 위에 펼쳐진 벼와 고추 콩들 울긋불긋한 글자들 속에서 연신 오타를 골라내며 이리저리 책장을 뒤집느라 분주하다

화창한 날에 동참하려고 빨랫줄에는 길게 써 내려간 문장들이 바람에 펄럭이고 바지랑대에는 아직 정해지지 않은 제목처럼 고추잠자리가 잠시 앉았다 날아간다 햇빛이 가을 안에 담겨 있는 모든 풍경을 스캔하는 사이

해바라기는 빼곡한 글씨들이 무거운지 고개를 숙이고 출력된 글씨들이 잡티와 검버섯으로 새겨진 아버지의 얼굴은 햇빛 인쇄소가 된다 오늘도 아버지는 햇빛으로 자서전을 완성 중이다

장마 이후

고향 용원 가는 길에는

오랜 세월 마을 입구를 흐르던 냇가가 있다

용의 몸처럼 꾸불꾸불 흐르던 물

큰비가 내리던 어느 날

둑이 무너지고 새로운 물줄기가 생겼다

천둥이 치고 폭우가 내리고서야

개울은 고정관념 하나를 바꾼 것이다

제4부 물의 옷

첫눈

방금 겨울이 도착한 골목에 눈이 내린다

찬바람으로 몸을 불리고 있는 겨울이
잠시 멈춰 있는 창문을 바라보며

희끗해진 남편의 귀밑머리를
짙은 갈색으로 염색을 해준다

남편은 돋보기를 쓴 채
족집게로 내 머리에 듬성듬성
새로 솟아난 새치 몇 개 뽑아낸다

서로의 어깨에 내려앉은
눈송이를 털어내듯

첫눈은 쓰자마자 지워지는 습기의 문장

눈 덮인 나뭇가지 위로 살포시 내려앉은 새 두 마리가

겨울의 짧은 하루를 나눠쓰고 있다

물의 옷

달 속에 배내옷을 숨겨둔 적이 있다

나무 하나 남기지 않겠다는 듯
밤이 서둘러 어두워질 때
방금 물에서 건져 올린 수평선을
둥글게 말아쥐고 보름달이 뜬다

전생에서 이생으로 건너오는
영혼을 위해 최초로 만들어지는 옷
그 배내옷을 만들기 위해 달은
날마다 바닷물을 길어 올려 천을 짓는다

명주실을 한 올 한 올 풀어
밀물과 썰물을 엮어 짠 물의 직물
배내옷이 하나씩 완성될 때마다
둥글게 부풀었다 작아지는 달

배내옷이 하얀 것은 달빛이 배어든 흔적이다

살아간다는 것은 달 속에 맡겨둔

물의 옷을 찾으러 가는 여정이다
이생을 다하고 다음 생을 건너가기 위해서는
반드시 물로 지은 옷이 필요하다

오늘도 물의 옷을 지으려고
밤하늘에는 달이 빛의 실타래를 풀고 있다

파지

겨울밤, 누가 밤새

부치지 못할 편지를 쓰고 있는 걸까

썼다 지우고 썼다 지우면서

무수히 찢어버린 저 파지들

저녁은 어둠밖에 보여줄 게 없다는 듯

불온한 상상력이 해독되는 계절

글자 하나 남아 있지 않은 저 흰 종이들은

도대체 어떤 힘이 있기에 사연을 읽지 않아도

사람들 마음속에 하나의 예감으로 도착하는 것일까

지난밤, 소리도 없이

배달되어 차곡차곡 쌓인 하늘

세상의 모든 길에 하얀 사연을 새겨넣고 있다

장미와 길고양이

눈이 내려 길이 희미해진다 겨울까지 불려온 장미를 볼 때면 숨겨두었던 비밀 하나쯤 밝혀야 될 것 같다 겨울이라는 수식어를 앞세우고 오는 폭설은 전생에 약속을 해놓고도 만나지 못했던 연인이 아닐까

사람이 두려우면서도 사람이 가장 그리울 때면 눈길을 걷느라 발자국을 다 사용해버렸다 길고양이가 바닥에 눌러 붙은 그늘을 핥고 있다 겨울 장미와 길고양이는 같은 비용을 치른 슬픔이라서 추위는 오래된 눈물 속에서 캄캄해진다

겨울을 하얗게 건너는 것들은 하나같이 무릎이 얼어 있다 장미는 순서가 바뀐 계절을 빌려서 쓴 문장 고양이는 자기 꼬리를 무느라 반나절을 빙빙 돌고 있다 바람이 불고 눈은 무수한 약속들을 다 떨군 빈가지마다 흰 주석을 첨삭하느라 분주하다

고양이의 눈 속을 들락거리는 달빛이어서

고집

오래된 집 한 채 있다
내가 태어나기 전부터 있던 집
아버지는 건넛방에서 목침을 베고 주무신다

울타리 밑에는 여름이 명자꽃으로
숨어 피고 우물가에는 대추나무가
잎이 무성해지느라 얼마 남지 않은
여름을 다 소비하고 있다

세월 지나 여기저기 금이 가고 벽은 갈라지고
문짝에 손잡이도 떨어져 나갔으나
대들보만은 튼튼한 집

그 집에서는 밭일을 마치고 돌아오는 소가
지게 작대기에 비명을 지르기도 하고
가끔씩 아버지가 술을 마시고 오는 날은
어머니의 눈가에 퍼런 멍이 들기도 하고
저녁 밥상이 날아가기도 했다

방문은 굳게 닫혀 있고 북쪽으로 난

조그만 창 하나만 가끔씩 열리던 집

안으로 혼자 단단하게 굳어져
아버지 집 한 채로 완성되어 가는 동안
수국이 무정하게 다녀가고 작년에 피었던
모란의 필체로 여름은 시들고 있다

아무리 일급 목수라 해도 고칠 수 없는 집

계절이 버리고 간 호미며 삽들만
처마 밑을 서성이고
저녁은 단단하게 응고된 집의 감정으로 온다

단단한 그늘

오래 머무는 것들은 그늘을 흘려놓는다

햇살이 시큰둥해진 저녁나절
그림자가 나무 하나 심어놓고
그 주위를 맴돌고 있다

날은 차가워지고
가슴속에 모서리를 가득 넣고
돌아온 날에는 그늘을 묻어둔
고양이의 눈 속을 상상하게 된다

계단이 삼켜버린 길들에 대하여
그늘을 둥지로 삼아버린 새들에 대하여

미처 시야를 확보하지 못하고 날아가는
새들의 언어를 빌리지 않더라도
너는 두드릴수록 단단해지는 그늘을 갖고 있다

얼마나 많은 슬픔에 담금질을 한 것인가
한 장의 얇고 옅은 그늘이 단단해지기까지

나무에서 흘러나온 그늘이
내 몸에 젖어 들어 무겁게 얼룩진다

시선이 머물던 자리를 차지하고 앉아 있는
고양이와 두터워지는 그늘 때문에
부리가 더 짧아지는 새 사이가, 멀다

슬픔도 오래 머물면 오히려 따스해지는가
그늘이 나무를 키우는 저 풍경 속에는
느리게 저녁을 부르는 목소리가 있다

새조개

나뭇가지에는 연주되지 못하고
오선 줄에 남아 있는 음표들처럼
새 몇 마리 앉아 있었다
저 새처럼 물속에도 날고 싶은 조개가 있다
방금 도착한 봄에게 힘을 보태려고
가지마다 초록 소리들이 부리를 내밀 때
뇌수막염을 앓던 조카는
다시는 돌아올 수 없는 먼 곳으로 떠났다
머릿속에 바다를 담고 살았던 아이
성치 않은 몸으로 수압을 견딜 때
많은 생각 속으로 물은 수시로 차올랐다
얼마나 새처럼 날고 싶었으면
단단한 몸 밖으로 부리를 내밀어
깊은 물속 새조개의 세월을 견뎌낸 것이다
늑골에 서식하고 있는 밀물과 썰물로
바다 깊은 곳에서 날개도 없이
얼마나 많은 바람의 결을
제 몸에 무늬로 새겨 넣었을까
스무 살이 다 되도록 휠체어를 떠나지 못했던
그 애가 머리에 품고 있던 바다를 빠져나와

두 팔을 힘껏 휘저어 물속을 날아올랐다
봄을 부르면 닿을 듯 말 듯한 소리에도
이제 새들은 대답이 없다

고속도로와 오리

서해안 고속도로 서해대교를 막 지나는데
때아닌 오리 한 마리를 만났다
어쩌다가 이곳을 서성이고 있는지
뒤뚱뒤뚱 걷고 있는 오리 한 마리
속도에 길들여지지 않은 순진무구한 몸에서
잔잔한 호수가 풀려 나온다
오리 한 마리가 고속도로를 호수로 만들어놓았다
날개의 힘만으로 허공을 날아가는 새들도
수시로 모양을 바꾸는 구름도
하늘을 슬쩍 끌어당기던 바람도
호수가 되는 풍경에 협력하고 있다
끌고 왔던 길들이 수면 속으로 잠겨 든다
달리던 차들이 오리 하나 어쩌지 못해
물결 위에 둥실둥실 떠다닌다
무모함은 때로 혼란을 가져온다
굵은 눈송이들이 겨울을 설명하려고
흰 단어들을 물고 하늘에서 내려오고 있다
커다란 입을 가지고도 설명할 수 없는
단어들을 물고 오리가 호수를 끌고 걷고 있다
누군가의 경적 소리에 화들짝 놀란

저 걸음이 가는 곳은 어디일까
그 뒤를 겨울이 느리게 따라간다
오리 한 마리로도 고속도로는 호수가 된다

난독증

서점에서 책을 살 때면
책 읽는 시간도 함께 사와야 한다
책을 펼치면 고요하던 책장 위로
갑자기 바람이 불고 비가 내린다

바람에 견디지 못한 글씨들이 흔들리고
비에 젖은 문장들이 후줄근하게 번진다
마음에도 없는 말을 하듯 눈으로만 걷는데
사연들이 미처 따라오지 못한다
문득 뒤돌아보면 걸어왔던 글자들이 사라지고
오류를 배경으로 발자국 소리만 요란하다
느리게 떨어지는 모래시계를 바라보듯
한 장 한 장 넘길 때마다 페이지를 확인한다

어둠은 겨울을 앞세워 오고
밤길에 혼자 남겨졌을 때처럼
행선지를 벗어나 행간 사이를 자주 서성거린다
결국 동행할 수 없는 길
낯선 단어들에 채여 넘어지기도 한다
기억의 불멸을 위해 글씨들은

침묵으로 아우성이다

흔들리는 글자들을 읽는다는 것은
마음을 붙들고 그물을 펼치는 일이다
너는 늘 두꺼운 책 속에 있다

습관의 힘

겨울을 견뎌낸 나무들이
봄으로 환원되는 시간
향기에 호명을 받고
달려온 기억이 하얗다

하얀 찔레를 닮은 여자
젊은 나이에 남편을 교통사고로 보내고
검은 상복에 하얀 얼굴로
달빛처럼 앉아 죽음을 지키던 그녀
큰 슬픔은 때로 울음조차 없다

눈물도 다 소진된 몸으로
슬픔을 불러내는지 견고한 침묵으로
화장터를 향할 때
휘청휘청 흔들리던 발걸음이
그 어떤 통곡 소리보다 슬퍼보이던 그날

저 달은 누구와 사별을 하였기에
저렇듯 흰빛으로 떠 있는 것일까

숨어서 푸른 가시만 키우는지
세상으로부터 마음을 닫아걸고
때가 되면 밥을 먹고 잠을 자고
화분에 물을 주고 청소를 하며
습관의 힘으로 슬픔을 견디는 그녀

다시 봄이 오고 여전히 찔레는 피고
그 찔레에 달빛이 천천히 내려온다

꽃의 꼬리

햇살이 무채색의 겨울을
봄으로 번역하는 날

시장에서 화초 하나 사 들고 온다
2월에서 3월로
바람이 페이지를 넘기면
가장 먼저 요약되기를 기다리는 안스리움

전생에 어떤 짐승이었을까
심장처럼 붉은 이파리 사이에서
꼬리가 피어오른다
아무도 모르게 꼬리 속에 숨어
식물과 동물이 한 문장에 배열된다

커다란 몸통도 발톱도 삭제된 채
서서히 소멸되다가 꼬리만 남아
색으로 피워내는 그리움
아직도 기다리는 주인이 있는 것일까

문장 속으로 바람이 불어오면

밑줄 속에 밀어 넣었던 침묵부터 어두워진다
책갈피마다 초록이 묻어나는
단어들 사이에서
햇살을 향해 연신 꼬리를 흔들고 있는

저 안스러운
꽃 한 마리

없는 손

장을 보려고 마트에 갔다
계단에서 발을 헛디딘 노인을 붙잡는
순간, 고무손이었다
이 생애서는 느껴본 적 없는
감각이 내게로 전달되었다
처음으로 만지던 죽은 생선의 감촉을 닮아 있었다
오 년 전 먼 곳으로 떠나고 몸만 이승에 남아 있던
아버지의 손을 만지는 듯했다
어쩌다 노인은 손 하나를 잃게 되었을까
전쟁통에 팔 하나를 잃고
겨우 목숨만 건져 돌아온 것일까
현장에서 일을 하다가 졸음이 다녀간 사이
기계에 팔 하나를 내준 것일까
노인은 없는 손의 감각으로 무엇을 만지고
느끼며 살았을까
깜짝 놀라 서로 바라보는 사이
민망함이 수치로 완성되는 순간이다
어설픈 친절이 도리어 상처를 줄 때가 있다
서툰 다정함이 때로는 폭력이 되기도 한다
내게로 딸려온 손과

노인의 없는 손 사이에서
자귀나무 이파리 여름을 움켜쥐고 있다

새우잠

거실에서 너는 새우잠을 자고 있다
물기 있는 곳으로 살짝 휘어져 있는 잠
창문으로 들어오는 햇살을 끌어당겨
잠이 조금씩 붉게 익어간다
태앗적 양수에 몸을 웅크리고 있던
자궁에 대한 그리움인가
사연을 읽을 수 없는 물결로
새우 한 마리가 잠을 건너고 있다
잠은 자신의 몸 안 바다로 깊숙하게
잠수해 들어가는 일이라서
잠든 이의 눈은 언제나 자신을 향한다
심장이 머리에 있다는 새우처럼
머리가 하는 생각을 가슴이 알고
가슴이 하는 일을 머리가 이해한다는 것은
세상에서 가장 먼 거리를 소멸시키는 일
파도에 대한 기억이 묻어 있는 새우에게
슬쩍 바다를 덮어준다
모든 풍경이 어둠을 만들고
밤하늘 한 귀퉁이에는
초승달이 휘어진 채 새우잠을 자고 있다

해 설

'바람의 문체' 혹은 새-이미지의 치밀한 변증

박성현(시인)

1

서늘한 아침이다. 낡은 의자에 앉아 공원의 한없는 초록을 보다가 문득, 누군가 놓고 간 '그늘'에 손끝을 댄다. 그늘에도 온도가 있고 색의 미세한 흔들림이 있으며, 사물의 깊이와 밀도가 있다. 참으로 간결하고도 절실한 무엇이, 그 속에서 꿈틀거리고 있는 것이다. 손끝을 타고 밀려오는 감각적인 것들의 고유함, 그리고 주체의 지각 속에서 재편되는 내밀하고도 충만한 사물들: 이처럼 '그늘'이란 세계가 주체와 교차하는 방식이자, 교감하고 상응함으로써 형성되는 문장-이미지들의 집적이다. 그늘 속에서도 사물들은 가장 순수한 입체이자 존재의 뜨거운 숨결로서 존재한다.

정용화 시인이 잘 묘파한 것처럼 '그늘의 수런거림'이란 "고여 있던 시간이 몸 안에서 전구를 켠 듯 환해지면 그늘진 곳에서 철 지나 피어 있는 치자의 하루를 빌려 당신에게"(「치자빛 여름」) 가는 것과 동일하다. 또한 그는 "미처 시야를 확보하지 못하고 날아가는/ 새들의 언어를 빌리지 않더라도/ 너는 두드릴수록 단단해지는 그늘을 갖고 있다"(「단단한 그늘」)라고 노래하면서 '그늘'이 단지 태양과 사물의 작용에 따른 결과가 아닌, 좀 더 치밀하고 촘촘하게 얽힌 생生의 공감각임을 분명히 한다. 이와 같이 '그늘'이란 사물들의 펼쳐짐이자 융합이며 새로운 이미지-공장의 열린 문이다. 이것이 그가 '세계'를 내면화하는 독특한 방법이다: 시인이 감각하고 받아들인 모든 것은 육체의 한 부분으로 재탄생되며, 그의 삶에서('그늘'처럼) 하나의 시적 논리와 지향을 만들어낸다.

정용화 시인의 언어가 매혹적인 것은, 그의 내면으로 포섭되는 모든 우연이 내적 필연성을 통해 다시 펼쳐지기 때문이다. 특이하게도 그는 냄새와 촉각이라는 감각의 조각을 사로잡으며 세계를 바라보고, 언어에 내재한 기억이나 혹은 비가시적인 꿈의 형상들을 유화처럼 모호하게 그려낸다. 마치 바람에 내맡겨진 나뭇가지들처럼, 그는 시-문장을 통해 사물의 호흡을 직감하고 그 호흡에 각인된 온갖 기억을 흔들어버린다. 그의 언어는 '흔적'이나 '추상'이 아니라, 육체에 찍힌 상흔들의 구체적인 '이미지'이자 '기록'이다. '바람의 문체'로 표상되는 그것은, 경험으로 습득되지 않으며 시인의 고유한 언어 속에서 **이미** 산출되고 있다.

이를테면, "고양이 울음소리가 젖은 새벽을 키우고 어둠 속에서 건져 올린 내일을 미리 꺼내 빗소리에 잘 담가놓으면 우리는 다시 명랑한 안개로 피어날 수 있을까"(「횡단보도는 당신 심장 밖에서 두근거리고」)라는 몽환적인 고백에서도, "분홍의 표정은 어디서 오는가// 흐르는 구름 아래를 오래 걷다 보면/ 목젖부터 붉게 젖어 든다// 봄이 분홍을 향해/ 저만치서 성큼성큼 걸어온다"(「분홍의 표정」)는 유연한 문장에서도 그 상흔은 선명하게 나타난다. 그러므로 시는 세계를 감각하고 재구성하는 시인의 언어 그 자체다. 와해될 수 없는 매혹이며 흥분이자 붉게 물든 사과처럼 관능적인 욕망의 함축이다.

2

정용화 시인의 언어가 향하는 곳은 '미학의 바깥'이다. 그는 우리가 흔히 말하는 '잘 만들어진 예술적인 어떤 것'에 집착하지 않는다. 그렇다고 모더니스트처럼 미학을 일종의 '불편'으로 바꾸지 않는다. 그의 시적 사유는 매우 독특해서, 세계를 감각하는 동시에 고스란히 흘려보내고 그 흐름이 완전히 멈추고 말라버렸을 때야 비로소 솟아오르는 풍경의 오래된 시선들을 들춰낸다. 다시 말하자. 그는 '드러난 것'이 모두 소진된 후에 나타나는 '침묵'을 통해 언어의 새로움을 이끌어내며, 문장과 이미지, 그리고 행간을 구성한다. "내 목울대에는 어둠에 찢긴 날개로/ 만져지지만 보이지 않는/ 나비 한 마리 살고 있다"(「갑상선 나비」)처럼, 그가 집중하는 '미학의 바깥'이란 가시적 현상으로서는 설명될 수 없는 신비한 장소성을 가진 개념이며 감춰진 것들의 일회적인 나타남이다. 악보가 없는 음악 혹은 색채를 지운 유화의 몽유와도 같은 이 '미학의 바깥'에서 시의 언어는 개별화되며 세계를 놀라움 속에서 깨어나게 한다.

점멸하는 가문비나무 아래에서 한참을 기다렸다 건널까 말까 망설이는 사이 저 멀리에서 강물 뒤척이는 소리, 모두가 잊어버린 생일처럼 오래전 캄캄하게 저문 이름을 발음하며 걷다 보면 주머니마다 수요일이 가득했다

낮게 흔들어주던 손의 마음은
몇 번째 정류장일까

누군가에게 가닿지 못했던 마음들이 서둘러 길모퉁이마다 도착한다 저 풍경을 잘 오려 황록색을 칠하면 끝내 두드려보지 못했던 창문도 봄을 향해 열릴까 눈으로 전하는 마음이란 얼마나 뜨거운 부딪힘인지

나뭇가지마다 서식하는 녹슨 변명들의 일정량은 고독이다 어제는 *바람의 문체로 떠나보낸 뒤의 삶은 더 단단하다*고 이파리 위에 적었다 녹색 신호등이 지그시 눈을 감았다 뜨는 동안 먼 산이 내게 기대온다

—「고양이 키스」 전문

가문비나무가 뜨거운 빛을 산란한다. 빠르게 쏟아졌다 사라지며 삽시간에 멀리 날아가는 4월의 바람처럼, 그것은 빛의 소용돌이를 일으키고 잔잔해지기를 반복한다. 화자는 이 "점멸하는 가문비나무 아래에서" 누군가를 한참 기다린

다. "저 멀리에 강물 뒤척이는 소리"가 나지막이 들리는 까닭으로 그가 있는 곳은 한적한 교외인 것처럼 보이나, 사실 그는 "모두가 잊어버린 생일"과 같은 익명의 도심 한복판에서, 기억 속에 방치되어 있다.

화자는 누군가를 끊임없이 기다린다. 기다리면서 횡단보도를 "건널까 말까 망설"인다. 그는 "오래전 캄캄하게 저문 이름을" 나지막이 발음하지만, 그의 입술에 닿은 '이름'은 먼 유년처럼 정확한 형체를 드러내지 않는다. 감춰진 채 나타나기를 거부하는 어린 날의 은밀한 숨바꼭질처럼 말이다. 이는 "시들어가는 마음을 버리지 못해/ 안에서부터 말라 죽는 용설란처럼/ 실패한 다정들은 사막에 발을 담근 채/ 집요한 고요를 견"(「서투른 다정」)디는 것과 같다. 하지만, '수요일'이란 시간의 잔여물은 그의 발목을 여전히 움켜쥐고 있다. 인간의 욕망이란 언제나 타자로부터 시작한다. 그는 이 수수께끼 속에서 '답'에 골몰하며 걷는다. 줄지어 늘어선 가문비나무를 지나고 몇 개의 정류장을 지나고, 모퉁이를 지난다.

그가 서둘러 도착했음에도 불구하고 길모퉁이에는 이미 "누군가에게 가닿지 못했던 마음들"이 먼저 도착해 있다. 그는 잠시 "저 풍경을 잘 오려 황록색을 칠하면 끝내 두드려 보지 못했던 창문도 봄을 향해 열릴까"라며 생각을 이어가지만, 그의 시선은 텅 비어 있어 오히려 모든 것을 흡수하고, 세계로 활짝 열린다. 그의 '걷기'란 타자로 향한 욕망의 흐름이며, 그는 "눈으로 전하는 마음이란 얼마나 뜨거운 부딪힘인지"란 문장을 통해 이를 정확히 표현한다.

다시, 가문비나무가 빛을 산란한다. 순간 그는 깨닫는

다. 산란되는 빛은 나뭇가지를 휘어버리는 바람의 악력握力처럼 단단하다는 것을. 그리고 그는 그 풍경에서 바람이 사물에 작용하는 의미를 이해하기 시작한다. "*바람의 문체로 떠나보낸 뒤의 삶은 더 단단하다*"고 쓰는 이유가 바로 이것이다. "녹색 신호등이 지그시 눈을 감았다 뜨는 동안 먼 산이" 화자를 향해 크게 휘어지고 있다. "당신이 꽃을 찾으러 떠난 동안 나는 점점 그늘 속에 숨은 가시가 되고 사그라드는 달이 되었다 당신을 달빛과 겹쳐 읽으면 물기마다 맨발로 도착하는 꽃들 얼마나 많은 편지를 쓰려는지 목련나무 가지마다 아직 결말을 쓰지 않은 여백들이 펄럭"(「목련 한 상자」)인다는, 고요해서 더 휘몰아치는 '바람의 문체'들.

시인이 묘파하는 '바람의 문체'는 무언가를 끊임없이 생산하는 이미지-공장이다. 그는 "아까시가 향기를 터뜨리는 봄밤이어서 그 환한 어둠에 당신이 불려 나온다 그러고 보면 봄은 오는 것이 아니라 바람이 피워내는 것이다"(「봄밤」)라고 쓰면서 바람의 신비롭고 절대적 생산력을 긍정한다.

그러나 한편으로 '바람의 문체'는 생성의 절멸絕滅이라는 '죽음'의 중의적 이미지도 내재되어 있다. 그가 "비 내리는 저녁/ 나뭇가지에서 속삭이다 날아간/ 바람의 흔적으로 나무는 흔들리고/ 꽃 한 번 내고 시들어버린 봄은/ 쓸쓸함을 기록하는 언어라서/ 자꾸 물에 빠지거나 모서리에 부딪힌다"(「소리 바퀴」)라고 썼을 때, 바람은 이미 고통의 다른 이름으로 변해버린 것. 다시 말해 '바람의 문체'란 한편으로는 "돌(石) 밑에 살고 있는 새(乙) 한 마리"(「돌乭」)처럼 무겁고 저돌적이면서도 무척 쓸쓸하다. "돌양지, 돌나물, 돌무화과, 돌바늘, 돌미나리/ '돌'을 접두사로 가진 식물들은/ 관심보다는 무관심 속에서 더 잘 자란다"라는 문장 속에는 이미 젖은 물기로 가득하다.

돌(石) 밑에 살고 있는 새(乙) 한 마리
허공을 물고 날아와 날개를 접고
돌 밑에 다소곳이 웅크리고 있다

(중략)

무거움을 버리면 다시 허공으로 날아오를 수 있을까

무너진 맹세만 가득하고
돌은
반만 새가 된 꽃들의 이름이다

—「돌乭」 부분

'돌'이란 한자의 형상을 가만히 보면, 돌(石)이 새(乙)를 누르고 있는 형상이다. 마음이 겹겹이 뭔가에 눌려 있는 것이라 해도 다르지 않다. 특히나 '돌양지, 돌나물, 돌무화과, 돌바늘, 돌미나리'처럼 '돌'을 접두사로 가진 식물들은 '돌'로 표상되는 현실을 이고 살아야 하는 운명이다. 앞서 시인이 「고양이 키스」에서 "낮게 흔들어주던 손의 마음은/ 몇 번째 정류장일까"라고 자조한 것과 동일한 맥락이다.

하지만 시인은 이 모진 상황을 "허공을 물고 날아와 날개를 접고/ 돌 밑에 다소곳이 웅크리고 있다"라고 표현하면서 반전을 꾀한다. 삶을 모조리 다 흘려보내고 남은 육체만으로 이끼가 잔뜩 낀 '청동의 시간'을 만들어내는 것들을 위무하는 말이며 동시에 '견딤'의 가치를 새롭게 재편하는 말이기도 하다. 왜냐하면, "무거움을 버리면 다시 허공으로 날아오를 수 있을까"라는 문장에서 뚜렷이 암시되기 때문이다. "무너진 맹세만 가득하"지만, '돌'이란 "반만 새가 된 꽃들의 이름"으로 다소간 긍정된다.

3

'바람의 문체'는 정용화 시인이 이번 시집을 통해 집중한 문장의 내적 장력이다. "분홍 치마 곱게 차려입은 어머니/ 바람은 결 따라 소금길 내고/ 때마침 내리는 봄비에/ 알맞게 간이 밴 봄을 식탁 위에 올린다// 금세 발라 먹고 뼈만 남은 봄"(「간간한 봄」)처럼 미각으로 제시되거나, "바람은 초록이라는 크레딧으로 내려오고/ 대답을 마치고 방금 고개 숙인 자운영이/ 보내온 소식에 당신의 안부를 묻는다"(「예고편」)에서처럼 시각적 명징함으로 나타난다. "바람이 생략된 풍경에서 너는 젖은 소리로 온다"(「안개 증후군」)는 문장의 청각적 변형도 마찬가지다.

또한 '바람의 문체'는 "스물여섯 번의 바람을 접어 넣고서야/ 종이는 한 마리 새가 된다"(「접는다는 것」)나 "바람이 불자 구름으로 머물던 시간들이 지상으로 뛰어내린다"(「퍼즐 맞추기」)와 같이 형상의 이접에 해당하는 '마법'이기도 하다. 특히, "희미해진 기억의 처마 밑까지 바람이 분다"(「예단포」)라는 문장에서는 '바람'이 시인의 기억마저 들춰내는 치열한 상관물이라는 것을 분명히 한다. '바람의 문체'는, 시인에게만큼은 시-언어의 도도한 흐름을 만들어내는 일종의 엔진과도 같은 것.

글자 하나 남아 있지 않은 저 흰 종이들은

도대체 어떤 힘이 있기에 사연을 읽지 않아도

사람들 마음속에 하나의 예감으로 도착하는 것일까

지난밤, 소리도 없이

배달되어 차곡차곡 쌓인 하늘

세상의 모든 길에 하얀 사연을 새겨넣고 있다

—「파지」 부분

이 시에서 "글자 하나 남아 있지 않은 저 흰 종이들"이란 문장이 수상하다. 조금 전까지만 해도 무수한 단어들이 얽히고설켜 종이를 가득 채우고 있었다는 것인데, 무슨 이유로 시인은 '글자 하나 남아 있지 않'다고 쓴 것일까. 누군가 지우개로 글자들을 걷어버렸다는 것일까. 아니면 겨울바람에 나뭇잎이 모조리 떨어지는 것처럼 무엇인가 글자들을 종이 바깥으로 밀어버렸다는 것일까. "책을 펼치면 고요하던 책장 위로/ 갑자기 바람이 불고 비가 내린다// 바람에 견디지 못한 글씨들이 흔들리고/ 비에 젖은 문장들이 후줄근하게 번"(「난독증」)지는 듯하다. 어찌 됐든 지금, '흰 종이'에는 비늘이 벗겨진 연어와도 같은 굵은 흰색과 다시 채워지기를 기다리는 여백만 남아 있을 뿐이다.

그런데 그 행간을 가만히 살펴보면, 묘하게도 '바람'이 다녀간 흔적이 있다. 글자들을 모조리 날려버린 '어떤 힘'이란 나뭇가지를 세차게 움켜쥐고 흔들며 모조리 뽑아 새로운 이파리를 돋게 하는 '바람'과도 같기 때문이다. 글자들의 관습적인 의미 작용은 생각보다 완강해 웬만한 힘으로는 멈추게 할 수 없다. 기표와 기의를 가르는 '빗금'이란 동전의 양면과 같아 아무리 미세하게 가른다 해도 외적 형식은 항상 유지된다. 시인은 이러한 '글자'의 관습적 강도強度를 비판하면서, 이것을 바꿀 상징적 장치로 '바람의 문체'를 제안하는 것이다.

그가 말하는 '바람의 문체'란 바로 기존의 죽은 은유를 날려버리고 새로운 의미 체계를 만들고자 하는 미학적 욕망의 다른 말로써, 이 시집에서는 '새'의 이미지와 상통한다. 또한 '글자를 걷어낸 흰 종이'란 세계의 맨얼굴에 해당하는데, "사연을 읽지 않아도// 사람들 마음속에" 도착하는 일종의 징후, 곧 '예감'으로 표상된다. 사태가 그러하니, "지난밤, 소리도 없이// 배달되어 차곡차곡 쌓인 하늘"은 "세상의 모든 길에 하얀 사연을 새겨넣"을 수 있는 것이다.

4

그러나 이것은 결코 쉬운 일은 아니다. 지속적이고 집요한 현실의 끈은 좀처럼 끊어지지 않으며, 우리의 삶 도처에 웅크린 채로 우리를 응시하고 있다. 이것은 자연스럽고 보편화된 이중성이다. 당연히 시인도 '자유' 가운데 '속박'이 있음을 알고 '몽상' 속에서 '현실'을 간과하지 않는다. 그는 「솟대」에서 이를 다음과 같이 요약한다; "긴 생각 끝에 새 한 마리, 나뭇가지에 붙잡혀 있다 도달하지 못한 질문을 물고 날마다 새가 되는 남자 아파트 재건축 공사장이면 어디든 마다 않고 타워크레인 우듬지에 홀로 앉아 오늘도 가벼움에 익숙해지고 있다." 나뭇가지에 붙잡혀 날지 못하는, 그리고 매일 가벼움에 익숙해지는 '새'란 곧, 얼굴을 생략한 불가항력적인 '표정'이 아닌가. 때문에 '바람의 문체'는 분명한 이중성을 통해, 마치 과거를 응시하면서 미래를 바라보는 '파울 클레'의 1920년 작 「새로운 천사」처럼 '삶'과 '죽음'의 동시적 작용이라 해도 무방하다.

시인은 자신의 시작詩作을 파고드는 이 문제를 정확히 알고 있다. 그리고 그는 이 '문제'를 '새-이미지'를 통해 사유한다. '바람의 문체'가 형상하는 첫 번째 이미지는 '백색소음'이라는, 울음의 '제로 지대' 혹은 "사막에서 날개가 젖은 채 죽어 있는 새들의 시간"이다.

안개가 숲을 하얗게 태우고 있는 밤이었네 계절에서 잠

시 떨어져 나온 순한 저녁의 새처럼 한 사람도 만나지 못하
고 혼자 저물어간 날, 눈을 깜빡일 때마다 모래가 박힌 밤
하늘이 쏟아져 내렸네 오래 걸어 퉁퉁 부은 발등을 어루만
지면 사막에서 날개가 젖은 채 죽어 있는 새들의 시간이 만
져졌네 어둠이 흘러내린 방 안 구석에는 보름달이 뜨고 그
달에서는 짓무른 복숭아 향이 났네 새들의 울음소리가 자
꾸만 잠을 갉아먹고 아무리 소리를 질러도 모래가 될 수 없
는 나는 누군가의 귓속에서 굳어버린 비밀, 소음에 마음을
잃고 알아볼 수 없는 필체로 끊임없이 걸어가는 발소리가
하얗게 잠을 두드리고 있네

—「백색소음」 전문

밤이고, 젖은 '안개'가 짙게 숲을 흐르고 있다. 손에 닿을 듯 가까운 사물들조차 눈이 먼 채로, 아주 먼 곳을 바라본다. 심연이 그곳에 있다는 듯, 그들의 동공은 활짝 열린 것. 그 숲에서 화자는 시간을 잃어버린다. 아니다. 망각했다는 말이 정확하다. 왜냐하면, 심연을 바라보는 일은 시간의 흐름을 거스르거나 아예 뒤섞어버린다는 것과 같기 때문이다. 그는 "계절에서 잠시 떨어져 나온 순한 저녁의 새처럼" 경계조차 불분명하다. "한 사람도 만나지 못하고 혼자 저물어"가며, 온갖 종류의 감각과도 단절된다.

그는 걷는다. 한 사람도 만나지 못한다. 메마른 눈을 깜빡이지만, 그때마다 "모래가 박힌 밤하늘이 쏟아져 내"린다. 멀고 먼 '옛날'이 함께 흘러내린다. 그는 멈추지 않는다. 걷는다. 눈을 깜빡이며, 무작정 걷는다. 옛날은 이미 사라

지고 없다. 단지, 의식의 모퉁이에 박혀 불쑥불쑥 튀어나올 뿐이다. 그는 “오래 걸어 퉁퉁 부은 발등을 어루만”진다. 갈라지고 새까맣게 타버린 ‘발등’은 “사막에서 날개가 젖은 채 죽어 있는 새들”의 깃 없는 날개처럼 앙상하다. 그 시간 속에서 그는 자신의 ‘없는’ 표정을 상상한다. 만일 울음이 있다면, 그는 오래전에 걸음을 멈췄을 것이다.

그리고 방이다. 어둠이 젖은 ‘안개’처럼 방 안 전체를 채우고 있다. 어둠은 “스스로 깊어가는 시차를 기록하는 언어”(「뱀부 15-8」)다. 어둠 속에 사물들은 제각각 박혀 있다. 하지만, 손이 닿으면 녹아버릴 듯 모호하다. 방 안 구석에 보름달이 떴다고 그는 생각하지만, 무슨 까닭인지 “그 달에서는 짓무른 복숭아 향이” 난다. 잠 속에서도 “사막에서 날개가 젖은 채 죽어 있는” ‘새들의 울음소리’도 들린다. 백색의 소음처럼, 거의 유령의 움직임에 가까운 소리다. 그는 잠 속에서도 걷는다. “아무리 소리를 질러도 모래가 될 수 없”다. 모래조차 될 수 없을 만큼, 그는 스스로에게서조차 단절된다. 그렇지 않다면 그는 “세상으로부터 마음을 닫아걸고/ 때가 되면 밥을 먹고 잠을 자고/ 화분에 물을 주고 청소를 하며/ 습관의 힘으로 슬픔을 견”(「습관의 힘」)딜 것이다. 하지만 그는 스스로를 “누군가의 귓속에서 굳어버린 비밀”이라 치부한다. 그는 걷는다. 걸을 수밖에 없다. “소음에 마음을 얹고 알아볼 수 없는 필체로 끊임없이 걸어가는 발소리”는 늘 그의 잠을 두드린다. 숨 막힐 듯한 ‘방’의 내벽을 휘어 감는 ‘백색의 소음’이란, ‘바람의 문체’가 불러들인 죽은 새의 젖어 있는 ‘울음’이며, 화자의 통각이자 고통

스러운 '몽유夢遊'다.

시인이 어느 노인의 고무손을 붙잡았을 때 느꼈던 '서툰 다정함'이나("장을 보려고 마트에 갔다/ 계단에서 발을 헛디딘 노인을 붙잡는/ 순간, 고무손이었다/ 이 생애서는 느껴본 적 없는/ 감각이 내게로 전달되었다/ 처음으로 만지던 죽은 생선의 감촉을 닮아 있었다"「없는 손」), 스무 살이 다 되도록 휠체어를 떠나지 못한 사람을 '새조개'에 빗댄 표현도("바다 깊은 곳에서 날개도 없이/ 얼마나 많은 바람의 결을/ 제 몸에 무늬로 새겨 넣었을까/ 스무 살이 다 되도록 휠체어를 떠나지 못했던/ 그 애가 머리에 품고 있던 바다를 빠져나와/ 두 팔을 힘껏 휘저어 물속을 날아올랐다"「새조개」) 모두 '백색의 소음'이 만들어내는 '울음'과 '통각', '몽유'의 문장들이다.

5

정용화 시인의 '바람의 문체'가 건축하는 두 번째 이미지는 첫 번째와 정확히 변증된다. 관습적 질서에 매몰된 '문자-질서'를 과감하게 끊어버리고 그 자리에서 솟아오르는 세계의 '맨얼굴'에 집중하기 때문이다. 여기서 핵심은 바로 '변형'인데, 글자들이 모조리 날아간 '흰 종이' 위에 새롭게 떠오르는 이미지들의 퍼즐-조각과도 같다. "오리 한 마리로도 고속도로는 호수가 된다"(「고속도로와 오리」)는 과감한 선언 속에서—'오리'와 '고속도로', '호수'의 특이한 배치를 보자—우리는 놀랍고도 몽환적인 세계를 만나게 된다; "서해안 고속도로 서해대교를 막 지나는데/ 때아닌 오리 한 마리를 만났다/ 어쩌다가 이곳을 서성이고 있는지/ 뒤뚱뒤뚱 걷고 있는 오리 한 마리/ 속도에 길들여지지 않은 순진무구한 몸에서/ 잔잔한 호수가 풀려 나온다/ 오리 한 마리가 고속도로를 호수로 만들어놓았다/ 날개의 힘만으로 허공을 날아가는 새들도/ 수시로 모양을 바꾸는 구름도/ 하늘을 슬쩍 끌어당기던 바람도/ 호수가 되는 풍경에 협력하고 있다/ 끌고 왔던 길들이 수면 속으로 잠겨 든다/ 달리던 차들이 오리 하나 어쩌지 못해/ 물결 위에 둥실둥실 떠다닌다"

여기서 시인이 두 번째로 풀어놓은 '새-이미지'는 '변신'이라는 신화적 초월성을 통해 더욱 확연해진다. "귓속에 심어놓은 또 다른 울음을 발굴하려 너라는 간절한 색으로 피어나는 시간"(「목백일홍」)과 "지상에 없는 단어를 찾아" "강물을 세차게 거슬러 오르"는 '연어'(「내가 대답을 할 때」), 또한 지상과 하늘 사이에 집을 짓는 "아름답고 따뜻한 가시둥지"(「가시둥지」), "눈 덮인 나뭇가지 위로 살포시 내려앉은 새 두 마리가" 나눠쓰는 "겨울의 짧은 하루"(「첫눈」), "어머니가 아침마다 타자기로 찍어낸/ 세상에서 가장 따뜻한 편지"(「아침 타자기」)다. 특히나 "둑이 무너지고 새로운 물줄기가 생겼"을 때, "개울은 고정관념 하나를 바꾼 것이다"(「장마 이후」)라는 문장은 '바람의 문체'가 세계의 '새로운 탄생'의 가능하게 만드는 방법적 상징이라는 점을 명확하게 한다.

> 가을에는 작은 흔들림도 손짓이 된다
> 손은 마음으로부터 뻗어 나온 촉수라서
> 손을 잡는다는 것은 사람의 생애를 읽는 일이다
> 손은 가장 간명한 생의 요약본으로

어떤 손에서는 젖은 새의 깃털이 만져지고
또 한 움큼의 조각달이 읽혀지기도 한다
어떤 손이 그렸을까
두께만으로도 압도당하는 책처럼
4만 년의 어둠을 건너온 벽화 하나
먼 곳에 가닿기 위해 더욱 길어진 손가락
누군가의 서늘한 이마를 짚어주던
저 손에서도 한때 물이 흐르고
누군가 그 손을 잡았을 때 강물이 되어
두물머리에서 수심은 한층 더 깊어졌으리
손은 사람에게로 건너가는 가장 빠른 통로이기에
멀리서 건너온 마음도
손안에서는 다정한 온도가 된다
언어로 설명되지 않는 생의 요약을 담고
어두워지는 모퉁이를 돌아 가로등 깜빡이는
골목에 들어서면 거기, 오래전
마음이 놓쳐버린 손을 다시 만날 수 있을까
서글픔이 서러움이 되기까지
손은 몸의 먼 외지를 떠돌던 마음이다

—「손바닥 벽화」 전문

'바람의 문체'가 만들어낸 새-이미지는 "마음으로부터 뻗어 나온 촉수"라는 '손-이미지'로도 탈바꿈된다. 일차적으로는 '손'과 '날개'의 구조적 상동성 때문인데, 시인은 여기에 더해 '손'의 원초적 감각을 덧칠한다. 그는 "손을 잡는다는 것은 사람의 생애를 읽는 일이다"라며 '마음의 촉수'로서의 손의 기능을 확장하는 것이다.

이 시의 모티프가 된 '벽화'는 인도네시아 술라웨이 섬의 한 동굴에서 발견된 것으로 약 3만 9900년 전 인간이 그린 것으로 추정된다. 이 그림은 곧고 가늘게 뻗은 다섯 개의 손가락이 인상적이다. 오른손이고 무언가를 잡았다 놓은 것처럼 활짝 열려 있다. 시인은 손을 "가장 간명한 생의 요약본"으로 말한다. 시인의 말처럼 손이 마음의 촉수라면, 손이 감각했던 모든 사물들의 기억이 그곳에 묻어 있을 것이다. 젖은 새의 깃털과 조각달의 날카로운 기울기도 손의 기록이다; "어떤 손에서는 젖은 새의 깃털이 만져지고/ 또 한 움큼의 조각달이 읽혀지기도 한다."

이 '손바닥 벽화'는, "두께만으로도 압도당하는 책처럼/ 4만 년의 어둠을 건너" 시인 앞에 나타난다. 어떤 손이 그렸을지 궁금하지만, 그 사람의 마음처럼 "먼 곳에 가닿기 위해 더욱 길어"졌을 것이다. 원근이 생략된 채, 오로지 마음의 깊이만으로 그러한 것. 시인은 그 손가락을 천천히 짚으며 "누군가의 서늘한 이마를 짚어주던/ 저 손에서도 한때 물이 흐르고/ 누군가 그 손을 잡았을 때 강물이 되어/ 두물머리에서 수심은 한층 더 깊어졌"을 것이라 생각한다. 때문에 "멀리서 건너온 마음도" 이 손 안에서는 '다정한 온도'가 될 수밖에 없다.

언어로서는 도저히 설명될 수 없는, 이 아찔한 생의 요약본은 '글자가 사라진 흰 종이' 위에 느닷없이 나타난 문장들이며, 또한 "몸의 먼 외지를 떠돌던 마음"이고, "태양이 불시착한 자리마다/ 이미 고백을 머금은 입술이어서/ 영문도 모른 채 살짝 손을 얹었는데/ 와락 안겨 오는 외로운 몸들”(「등에 핀 능소화」)이다.

정용화 시인은 ‘바람의 문체’를 시작詩作의 심급이자 세계관의 근원으로 사유한다. 그의 감각은 세계의 도처로 향하는데, 미학적인 문장들에 집착하지 않고 오히려 색과 표정을 지운 ‘맨얼굴’을 집요하게 파헤친다. ‘글자 하나 남아 있지 않은 흰 종이’라는, 기묘한 시의 바탕화면은 결국 무한 생성의 가능성을 함축한다. “고양이의 눈 속을 들락거리는 달빛”(「장미와 길고양이」)과도 같은 신비스러운 언어-이미지들, 그리고 “온몸에 독이 퍼져 비틀비틀 골목길을 걷다 보면/ 그리운 것들은 다 투명하게 허물을 벗는/ 지금은 붉은 잎사귀의 시간”(「투명한 뱀」)이라는 사유-없음에 대한 지독한 갈증이기도 하다. 때문에 ‘바람의 문체’는 “한 발을 더 내디디면 이름을 버린 꽃들의 시간”(「꽃들의 발목이 조용하다」)이며, 매일 아침, “전생의 당신에게 붉은 손 내”(「캐스트」)미는 아버지의 따사로운 ‘햇빛 인쇄소’가 아닐까.